C. H. L Berger

Mädchen-Rache

Original-Lustspiel in einem Akte

C. H. L Berger

Mädchen-Rache
Original-Lustspiel in einem Akte

ISBN/EAN: 9783743403970

Hergestellt in Europa, USA, Kanada, Australien, Japan

Cover: Foto ©Andreas Hilbeck / pixelio.de

Manufactured and distributed by brebook publishing software
(www.brebook.com)

C. H. L Berger

Mädchen-Rache

Mädchen-Rache.

Original-Lustspiel in einem Akte

von

C. H. L. Berger.

———

———

Stuttgart.

Ed. Hallberger'sche Buchdruckerei.

1869.

Perſonen.

Karl von Dornheim, 30—35 Jahre.

Brigitte von Dornheim, ſeine Schweſter, 25 Jahre.

Hermine Falkner, ⎫ Schweſtern, ⎧ 20 Jahre.
Anna Falkner, ⎭ ⎩ 17½ Jahre.

Paula von Malven, 19 Jahre.

Kurt von Solmers, 35—40 Jahre, Lebemann.

Lenchen, Zimmermädchen bei Dornheims.

Die Handlung ſpielt im Garten von Dornheims.

Erster Auftritt.

Haus mit Ausgangsthüre im Hintergrund, vorne rechts oder links ein Tisch zu einer Kaffeegesellschaft hergerichtet. Amorstatuette hinter dem Tisch.

Lenchen

(den Kaffee-Service ordnend, im Selbstgespräch).

Heute wird hoffentlich nichts fehlen, und die französisch redenden Kranzfräulein werden mit dem Kaffee nebst Schlag= rahm sehr zufrieden sein, denn das gnädige Fräulein hat den Mokka wieder selbst zugemessen. — Sonst spart sie so gerne, aber wenn der französische Kranztag ist, dann ist nichts zu viel! — Eine eigene Bewandtniß muß es mit dem Kranze doch haben, denn die Fräulein sprechen, wie ich schon öfters bemerkt, immer gut deutsch, nur wenn ich etwas zu bringen oder auszurichten habe, wird französisch parlirt; weiß Gott, was die zusammen aushecken! (Pause.) Herausbringen muß ich es aber doch, und dann —

Karl

(aus dem Hause herausrufend).

Lenchen, bring' mir meinen Kaffee eingeschenkt auf mein Zimmer, denn ich kann ihn ja doch heute nicht im Garten nehmen, da wieder einmal der dumme Kranztag ist. — Flugs, Kind, daß ich mein Mittagsschläfchen halten kann.

Lenchen.

Gleich, gnädiger Herr! — Doch Ihre große Tasse mit dem Wappen?

Karl.

Natürlich; wie immer!

Lenchen.

Komme gleich damit, bin wirklich am Einschenken. —
(Schenkt eine große Tasse ein und geht, dieselbe auf einem Brett vorsichtig
tragend, gegen das Haus.)

Zweiter Auftritt.

Vorige. Anna und Paula. Brigitte.

(Anna und Paula treten leise plaudernd aus einem Seitenweg, Letztere sich kokett
mit ihren Schnürstiefelchen beschäftigend.)

Lenchen.

Guten Tag, meine Damen! Bedaure nicht helfen zu können,
gnädiges Fräulein, muß aber Herrn von Dornheim den Kaffee
gleich bringen.

Paula
(erhebt sich aus ihrer gebückten Stellung).

Dank' schön, Lenchen. Bin schon fertig — sage nur dem
Fräulein, daß wir da sind.

Lenchen
(gegen das Haus zu gehend).

Das gnädige Fräulein hat Sie, wie es scheint, schon gesehen, denn da kommt sie eben.

Brigitte
(rasch aus dem Haus tretend, streng zu Lenchen).

Ist der Tisch ganz in Ordnung? — Nichts vergessen wie
gewöhnlich? — Du weißt, daß wir nicht gestört sein wollen;
ich bin für Niemand zu Hause und mein Bruder will schlafen,
— also schließe die Gartenthüre zu.

Lenchen.

Ja, gnädiges Fräulein, soll geschehen, sobald die anderen
Damen auch da sind. (Ab in's Haus.)

Brigitte

(zu Paula und Anna, ihnen freundlich die Hand reichend und sie herzlich be=
grüßend).

So hab' ich es gerne, ihr kommt doch rechtzeitig. — Wo
ist Hermine?

Anna.

Sie wird wohl gleich da sein; Mama hat sie wieder in's
Gebet genommen, denn sie sieht es nicht gerne, daß Minchen
hieher geht — Du weißt ja, wegen Deines Bruders. Mama
hat natürlich längst gemerkt, daß die Zwei auseinander sind und
daß Minchen sich deßhalb grämt. — Es ist auch recht schlecht
von Deinem Karl, so weit zu gehen, und dann —

Brigitte.

Aergere Dich weiter nicht; ich habe es heute schon gründ=
lich gethan, als ich ihm bei Tisch dieserhalb den Text las. —
Er ist eben kein Haar besser, als alle Anderen; doch wartet nur,
sein Stündlein schlägt auch noch, denn gottlob! der Männer
Schlechtigkeit und alle ihre Sünden an unseren armen Herzen
rächen sich. Auch unsere gute Hermine soll gerächt werden, da=
für wollen wir schon sorgen, — (geht gegen den Vordergrund zum
Kaffeetisch und hängt sich bei Paula und Anna ein) denn bei meinem
Bruder ist der größte Mannesfehler, die dumme Eitelkeit näm=
lich, in einem Grade ausgebildet, daß es ordentlich rührend ist.
Und daran werden wir ihn, zu unserem großen Amüsement,
packen und zappeln lassen.

(Die Damen nehmen Platz und schenken sich ein, Hermine kommt aufgeregt
nach, wirft Hut und Tuch ab, tritt herzlich grüßend zum Tisch und
nimmt neben Brigitte Platz.)

Dritter Auftritt.

Vorige ohne Lenchen. Hermine.

Hermine.

Grüß' euch Gott — das hat wieder einen Kampf bei Mama gekostet, bis ich loskam; sie will mich nicht mehr zu Dir lassen wegen Deines Bruders; und als ich sie endlich überzeugte, daß sie in d e r Beziehung ganz ruhig sein könne, da er mir sichtlich ausweiche, ging ich so schnell ich konnte hieher, um euch nicht warten zu lassen. Als ich am Hotel vorbei kam, fixirte mich ein fremder Herr so keck, daß ich roth geworden sein muß; und denkt euch nur, der Mensch folgte mir Schritt für Schritt — so frech und so nahe, daß ich, da ich mich natürlich nicht um= schaute, ihn ordentlich hinter mir gehen fühlte.

Brigitte.

Es ist doch zu arg, wie keck diese H e r r e n der Schöpfung heutzutage sind — polizeiwidrig unverschämt —

Anna
(naiv zu Hermine).

Du — war er hübsch? — jung? — elegant? — wie sah er aus?

Hermine.

Aber, Anna, wie kannst Du, Kind, nur so fragen! — Ich habe ihn natürlich nur flüchtig und strafend angesehen, als ich ihm die Gartenthüre vor der Nase zuwarf. Jung war er nicht, sah aber sonst recht anständig aus.

Paula.

Ja, es ist traurig — traurig! Die Welt ist überhaupt, vorzüglich der männliche Theil derselben, nachgerade so schlecht, daß eine ordentliche Sündflut sehr zeitgemäß wäre, in der jeder

Junggeselle und Mann ertrinken müßte, der seine Pflichten als Weltbürger und Gatte nicht recht erfüllt.

Anna (lachend).

Ja, das könnte allerdings helfen. — Aber der Andrang, Paula, denk' Dir, die Herrchen wollten natürlich alle heirathen, ehe ihnen das Wasser an den Hals geht! — Der Andrang in der Kirche! man müßte Massen=Copulationen vornehmen.

(Alle lachen.)

Brigitte.

Doch nun zur Sitzung!

(Setzt sich in die Mitte auf einen erhöhten Platz.)

Ist Alles da? — Protokolle? — Mappe? — Die Sitzung beginnt.

(Die Mädchen stehen auf, Brigitte reicht eine Schachtel mit rothen Schleifen herum mit Chiffre M. R., wovon sich Jede eine auf der linken Brust anheftet. Feierliche Stimmung, bei der Folgendes im Chor halblaut gesprochen wird.)

Rache! — Rache! — Rache all' den Männern, die da freventlich spielen mit liebenden Herzen, die da suchen zu knüpfen die heiligsten Bande durch prosaische Vermittelung, — den Jung= gesellen, denen das Glück gestattet zu nähren die häusliche Flamme und die, sich egoistisch übernehmend, hinschleppen ihr elend Alleinsein! — Durch unseren Bund über ihr falsches Leben belehrt, sollen sie finden den Pfad zu richtiger, wahrer Erkennt= niß, gegeißelt durch unseren Witz büßen begangene Sünden. Der Rache Erfolg kröne unser Streben! — Heil dem Bunde!

(Alle setzen sich wieder.) — (Brigitte in einem Buche nachschlagend.) Her= mine hat heute den Vortrag. — Sind weitere uns passende Heirathsgesuche gefunden worden? —

Paula (aufstehend).

Ja, ich habe wieder zwei klassische für uns sehr passende aus Papa's Zeitungen heimlich abgeschrieben. — Soll ich sie gleich vorlesen? (Setzt sich wieder.)

Brigitte.

Nein — erst am Schluß der Sitzung — Einläufe zunächst!
— Wer hat Briefe abgeholt?

Anna (aufstehend).

Ich allein, da gerade Niemand am Schalter war.

Brigitte.

Gut, wo sind die Briefe?

(Anna gibt Brigitten zwei Briefe.)

(Brigitte hält jeden einzeln in die Höhe und prüft die Enveloppes.) Es
ist keine Verletzung der Couverts sichtbar. Ich traue nämlich
schon seit einiger Zeit unseren höflichen Postkandidaten nicht, die
wie es scheint unter der Chiffre M. R. Abenteuer für sich selbst
zur Ausbeute wittern. Den Poststempeln nach chronologisch:
Nr. 1 aus Pr. (öffnet den Brief und gibt ihn Paula).

Paula (liest).

Verehrtes Fräulein! Ihre gütige Antwort hat mich ent=
zückt, mehr noch das beigeschlossene liebe Bild. Da ich nun
gottlob! ganz mein höchsteigener gnädiger Herr bin und auch,
wenn schon mit großer Mühe, entdeckte, daß die Karte in der
Stadt, aus der Ihr charmantes Schreiben kommt, fabrizirt
wurde, so werden Sie begreiflich finden, daß ich gleich packen
ließ und mich wohl, ehe Sie es für möglich halten, Ihnen selbst
vorstellen werde, denn ich reise Tag und Nacht, Ihr liebes Bild
auf dem Herzen, das mich nie mehr verlassen wird, selbst wenn
ich das Unglück haben sollte, durch mein Erscheinen den Eindruck
zu schwächen, den ich vielleicht durch beiliegende sehr schön re=
touchirte Photographie bei Ihnen machen dürfte. Ich bin näm=
lich nicht mehr ganz so glatt wie auf beiliegender Karte,

(die Mädchen kichern)

was Ihnen bei genauer Besichtigung gleich bemerkbar werden

wird. Ueber mein alternd Haupt sind schon so manche Lebens=
stürme weggesaust, während schwermüthige Gedanken die hohle
— (sich verbessernd) nein: hohe Stirne furchten.

Brigitte (einfallend).

Wo ist die Karte? Ich habe beim Oeffnen keine bemerkt.

Anna.

Ich hatte die Briefe in der Hand und natürlich gleich nach
Karten gefühlt, weil diese immer am meisten Spaß machen; aber
ich bin ganz sicher, daß in keinem eine war.

Brigitte.

Also weiter in der Epistel! Vielleicht klärt sich der Karten=
mangel von selbst auf. Lies, Paula.

Paula (liest).

Doch ist mein Herz — als Hauptfaktor einer glücklichen
Ehe — die mir mit Ihnen, süßes Leben, sicher blüht — gesund
und gut. So trete ich denn getrost die Brautfahrt an, bringe
mich und alles Nöthige mit, um mit Gottes und Ihrer Hülfe
möglichst bald glückliches Mitglied des heiligsten aller Stände
zu werden.

Beide Hände, die ich mir, weil sie auf dem Bilde fehlen,
dem lieben Ganzen entsprechend niedlich und fein denke, zärtlichst
küssend bin ich im Vorgefühl höchster irdischer Seligkeit

Ihr

Sie zärtlichst liebender
hoffnungsvoller zukünftiger
Kurt.

(Die Mädchen mit Ausnahme von Hermine lachen.)

Anna.

Gar nicht übel, des Herrn Kurt Styl gefällt mir. Ich

glaube, in so einen ältlichen jungen Mann könnte ich mich wirklich verlieben. Der hat schon gelebt, geliebt, Romane ge= spielt, sich duellirt, der ist gewiß unsinnig interessant. Den möchte ich hören von Gefühlen reden, Liebe erklären, ihn mir zu Füßen sehen. Ha! (zusammenschauernd.)

Hermine.

Höre doch mit Deinem Unsinn auf, Anna. Du bist ja noch ein Kind, gehörst eigentlich noch gar nicht in unsern Club.

Anna.

Ja, ja — weiß schon, Dein alter Satz; die zwei Jahre, die Du älter, machen in unseren jetzigen aufgeklärten Zeiten keinen Unterschied. Gelt Du, Paula, kann ich mitreden oder nicht?

Paula.

Ja wohl kannst Du, so gut wie Eine von uns — sie sind auch froh an Dir. Schade ist es aber, daß man das glatte Gesicht nicht sehen und bekritteln kann. — Das ist gelungen, d e r ist unserer Rache leicht zum Opfer gefallen. Dem guten, gar nicht blöden, zärtlichen Schäfer mit der gedankenrunzeligen Stirne bangt vor Enttäuschungen. Jammerschade, daß wir sein Ge= sicht nicht sehen können; wenn er merkt, daß er gefoppt worden und süß geträumt hat, wenn er das Engelsbild wie ein Reise= handbuch in der Hand nach dem Original hier suchend irrt, während es weiß Gott wo tanzt.

(Hermine, die während des Lesens schon unruhig und erregt gewesen, und bei der Briefstelle „Händchen" unwillkürlich die ihrigen betrachtet hat, steht auf und geht leise in's Haus ab.)

Brigitte.

Der Fall ist wirklich recht hübsch, auch neu. So energisch ist noch Keiner vorgegangen, aber — aber — ich möchte mit Schiller sagen: Dieser Knabe Kurt fängt an, mir fürchterlich zu werden. Dem scheint es furchtbar Ernst zu sein. Ich sehe erstmals schwarz. Energische Männer sind so selten, daß sie für mich immer etwas Unheimliches haben.

Die Mädchen
(zuerst kichernd, dann auch nach und nach besorgter werdend, im Chor).

Um Gottes willen! Brigitte, Präsidentin! was kann denn geschehen?

Paula (keck).

Mir ist ganz und gar nicht bange; was ist da schwarz zu sehen? Der Herr kommt hier an, wir machen uns das sonderbare Vergnügen und gehen zum Eilzug auf den Bahnhof zur Empfangsfeierlichkeit, betrachten uns den Geprellten gemüthlich, erfreuen unsre rachetrunkenen Mädchenherzen, sehen ihn schmachtend an, reizen seine Eitelkeit, lassen ihn einige Tage hier ruhig suchend flaniren, und dann bekommt er eines schönen Morgens zum Kaffee ein erklärend Billet-doux, dahin lautend, daß man sich als gelinde Strafe für die Unart, auf dem leider nicht mehr ungewöhnlichen Wege sich eine Frau gesucht zu haben, einen Spaß mit ihm erlaubt und ihn Gesundheitshalber eine kleine Reise habe machen lassen, nach der er hoffentlich gewitzigt und s e h r gebessert nun ohne alle Träume und Aufregung mit der schönen Photographie auf und im Herzen wieder heimdampfen könne.

Die Mädchen.
Bravo! Ja, so wird's gemacht.
(Sprechen noch unter einander und kichern.)

Brigitte.
Also weiter in der Tagesordnung.
(Alle verstummen. Brigitte steht auf.)
Soll das Racheverfahren gegen Kurt aus Pr. in der von

Paula vorgeschlagenen Weise fort und zu Ende geführt werden, wenn Herr Kurt nämlich ausfindig gemacht werden kann? — Abstimmen!

Die Mädchen.

Ja! — ja! — ja! — ja!

Brigitte.

Hermine fehlt, doch ist sie jedenfalls überstimmt und kann nachher durch Paula vom Beschluß instruirt werden.

(Hermine kommt gefaßt zurück.)

Da kommt sie eben, nun zu aller Sicherheit, und da uns dieser saubere, mittelalterliche Heirathskandidat so unerwartet schnell auf den Hals rückt, was mir anfänglich etwas Unheim= liches war, so soll uns Hermine, die in diesem Kurt=Falle die Correspondenz führte, ein gedrängtes Resumé desselben geben, und bitte ich genau darauf zu achten, daß uns kein Moment entgeht und wir darnach unseren soeben gefaßten Beschluß be= stehen lassen oder entsprechend ändern können. Denn wenn der Herr Kandidat vor einer Blamage nicht zurückbebt und ruhig unverrichteter Sache abfährt, uns am Ende doch auswittert, dann dürfte der Spaß sehr unangenehm für uns werden, ganz abgesehen davon, daß er auch noch Entschädigungsansprüche stellen könnte, die unsere Fonds leicht übersteigen und uns hier furchtbar schaden würden. Energisch genug wäre er dazu, seinem Reise=Entschluß nach zu urtheilen. Doch wird er sich die Sache nochmals genau überlegen, ehe er Lärm schlägt und seine Lächer= lichkeit selbst zum Stadtgespräch macht.

Paula.

Mir ist vor dem Herrn nicht bange. Der ist so hübsch zärtlich in seinem Briefe, daß er uns sicher nicht bloßstellt, und wenn er durchaus ohne Frau nicht abreisen will, so wird es unseren Grundsätzen nicht zuwider laufen, wenn wir ihn auf ein braves heirathslustiges Fräulein hier, die für ihn uns passend scheint, aufmerksam machen.

Anna.

Ja wohl, so können wir uns im Fall der Noth auch helfen. Darum nur nicht ängstlich; wer könnte auch auf unseren Rache= bund kommen! Niemand weiß davon und Keine von uns plau= dert sich selbst und uns in endlose Verlegenheiten.

Vierter Auftritt.

Die Vorigen. Lenchen.

Lenchen

(kommt aus dem Hause und ruft auf halbem Wege stehen bleibend laut).

Fräulein Brigitte! das Mädchen von Fräulein Hermine ist da mit einem Briefe, den Madame Falkner ihr nachschicke, weil „pressant" darauf bemerkt sei.

Hermine

(springt erschreckt auf, heftig zu Lenchen).

Wo ist mein Mädchen? und wo der Brief?

Lenchen

(den Brief überreichend).

Hier. — Ihr Mädchen wartet im Hause. Der Herr Post= assistent Gräuling, läßt Ihre Frau Mutter sagen, habe den Brief soeben geschickt, da Fräulein Anna heute nach Tisch erst nach Briefen mit der Chiffre M. R. gefragt hätte und sich dieser später noch vorgefunden habe. Nun soll das Fräulein den Brief lesen und ihn wieder versiegelt dem Mädchen für die Frau Mutter mitgeben.

Hermine

(ganz außer sich zu Brigitte).

Mon Dieu! que faire? —

Brigitte (gefaßt).

Du mußt eben, so bald Du Deinen Kaffee getrunken, (Hermine mit den Augen winkend) gleich Deiner Mutter den Brief selbst bringen und ihr zunächst dieß durch das Mädchen sagen lassen.

Hermine (auflebend).

Ja! mein Mädchen soll der Mama nur sagen, daß ich bald selbst mit Fräulein Brigitte heimkomme, der Brief sei nicht für mich, gehöre eigentlich Fräulein Brigitte; deßhalb könne ich ihn der Mama nicht gleich zurückschicken.

Brigitte

(etwas verblüfft über die Wendung, die andern Mädchen stehen zischelnd und lauschend während der ganzen Scene umher).

Nun ja, wenn Du glaubst, Hermine, daß dieß durchaus nöthig sei, um Deine Mutter zu beruhigen, so werde ich Dich später begleiten. — Also, Lenchen, geh' und sage dieß nur dem Mädchen.

(Lenchen sich noch umsehend und verschmitzt lächelnd ab.)

Fünfter Auftritt.

Die Vorigen ohne Lenchen.

(Hermine und Brigitte kehren zu den Mädchen zurück.)

Hermine.

Um Gottes willen! das ist eine schöne Geschichte! Mama ist so furchtbar strenge und mißtrauisch; ich getraue mir mit meinem schlechten Gewissen gar nicht nach Hause. Dieser verwünscht galante Postmann — nicht einen Schritt tanze ich mit dem Menschen wieder — ich glaube gar nicht, daß er mir den Streich aus Aufmerksamkeit gespielt hat. — Das Briefholen war übrigens immer leichtsinnig; jetzt wissen auch noch die Dienstmädchen davon! Wenn Du, Brigitte, die Mutter nicht überzeugen kannst, dann erfährt es am Ende auch noch der Papa, und der macht gleich seine Drohung wahr und gönnt mir mehrere Jahre Zeit, über mich bei den Sacres cœurs in Straßburg nachzudenken. Mir wird ordentlich nicht gut, wenn ich an die dumme Geschichte und ihre Folgen denke.

Brigitte.

Nur ruhig. Verzweifeln hilft gar nichts; ihr seid mir ein trauriger Racheclub. Wenn ihr vor einer Entdeckung durch eine Mutter zittert, wie werdet ihr euch erst geberden, wenn irgend ein tiefbeleidigter Heirathskandidat dem Club aufsässig und unangenehm wird! Dir, Hermine, helfe ich bei Deiner Mama heraus, darauf verlasse Dich, nehme die Sache auf mich und schiebe sie nachträglich dem glatten Herrn Leo in die Schuhe, der mir so lange den Hof machte, und dann als edler Ritter eine dumme Ballgeschichte, bei der ich ganz unschuldig war, als Vorwand nahm, beleidigt zu brechen, wohl nur, um in der Ferne sich in der leichten Kunst, den Perfiden zu spielen, noch mehr zu vervollkommnen. O wenn ich nur wüßte, wie ich den in unsern Bereich bringen könnte! — Das wäre Wonne! — Oder noch besser, ich sage, daß es eine Antwort auf ein Gouvernanten-Gesuch sei, das ich Vorsichtshalber auch unter Chiffre M. R. einrücken ließ und worauf massenhafte Antworten kamen, von denen wohl eine in das Couvert passen wird. — Doch Betreffs des aufdringlichen Herrn Kurt kommen wir, scheint es heute wieder einmal, zu gar keinem Resultate. Nun, Hermine, mach' Deinen summarischen Rapport über den Fall und kein so traurig Gesicht dazu. (Setzt sich.)

Hermine
(sich langsam erhebend und sehr verlegen).

Der Verlauf des Falles Kurt ist sehr einfach. Auf sein Heirathsgesuch wurde von mir zart, pikant, unter allgemeiner Approbation geantwortet, schließlich um sein Bild gebeten, das jedoch verweigert und erst nach dem Erhalt eines Bildes von unserer Seite sicher zugesagt wurde. So standen die Sachen bei unserer vorletzten Sitzung. Meine kurze Antwort, der das Bild beigefügt werden sollte, ward hier verlesen, auch gut befunden, eine Photographie von einer Tänzerin als Beilage ausgewählt und ich mit der Besorgung des Briefes betraut.

Paula.

Ja, ja, Hermine, Deine Antworten waren schon famos, pikant, interessant, ordentlich zum Verlieben; ich erinnere mich ganz genau: die Betreffende war sehr unglücklich — durch Stiefmutter sehr gedrückt, hintangesetzt, nach Erlösung schmachtend.

Anna.

Ja, charmant! Briefschreiben kann mein Minchen wie keine Andere. Deßhalb sitzt er auch jetzt fest, verliebt wie ein Narr in eine Tänzerin durch unsern Witz und ein paar hübsche Mädchenbriefe. Wenn er die nimmt, dann gibt das eine hüpfende Ehe mit Lungenschwindsucht. Ha! ha!
(Die Mädchen lachen mit, nur Hermine bleibt ernst.)

Brigitte.

Nun, Hermine, Du freust Dich ja gar nicht, bist doch sonst immer die Hauptperson im Club und stimmst dießmal in unseren Jubel gar nicht mit ein?

Hermine
(sich sammelnd).

Leider kann ich nicht, möchte vielmehr um meine Entlassung
aus dem Verband bitten, die mir nach einer kleinen Beichte ge=
wiß gern gewährt werden wird.

Alle
(sehr erstaunt und ernst, einzelne Stimmen durcheinander).

Um Gottes willen! Hermine — bist Du verliebt? — Hast
Du geplaudert? — Heraus damit! — Was ist geschehen? —
Rede!

Hermine.

Nicht viel; ich legte ganz einfach — warum weiß ich eigent=
lich selbst nicht — statt der Photographie, die hier für Herrn
Kurt bestimmt worden, mein eigenes Bild bei.

Brigitte
(ernst einfallend).

Das hast Du gewagt? Hast am Ende gar im Trüben
auf unsere Kosten ein Männlein fischen wollen, Treulose? —
Was kannst Du zu Deiner Entschuldigung sagen? — Nun fällt
mir erst ein, daß der Herr uns ohne Deine Perfidie ja gar
nicht hätte auf den Hals kommen können. Warst am Ende
leichtsinnig genug, nicht einmal die Adresse des Photographen
auf der Rückseite unlesbar zu machen, denn wie könnte er sonst
wissen, daß Du hier bist? (aufgeregt) Rede! Vertheidige Dich! —
Nun? —

Hermine.

Wie er ausfindig machte, daß mein Bild hier aufgenommen
wurde, ist mir selbst noch ein Räthsel, denn ich habe die Rück=
seite der Karte beinahe ganz abgeschabt. Aber Dein Vorwurf,
daß ich im Trüben fischen wollte, trifft mich nicht. Nein, nein,

auf Ehre nicht, denn ihr wißt ja Alle, daß mein gebrochen Herz immer noch an einem gewissen Karl hängt und mich der unge= sehene mittelalterliche Herr Kurt sicher nicht interessiren kann. Mir fuhr aber der Gedanke durch den Kopf: wie wär's, wenn Du Dein Bild einmal direkt wirken sehen könntest? — Das reizte, verführte mich. Dabei dachte ich, euch die Sache ehrlich und zum allgemeinen Plaisir zu gestehen, und wenn sein Brief eintrifft, ihm dann einfach sein Bild mit dem Bemerken zurück= zuschicken, daß ich finde, es sei in dem ganzen Gesichte nicht ein Zug, der mir sympathisch wäre, daß ich überhaupt jetzt den von mir gethanen Schritt schwer bereue und dergleichen mehr. — Damit hoffte ich den feurigsten Heirathskandidaten in seiner Eitelkeit so zu verletzen, daß ich ihn gewitzigt, unserem Prinzipe gemäß auf den einzig richtigen Weg zur Ehe, nämlich zur Selbst= wahl, am Schlusse meines Briefes verweisen könnte. — Nun liegt die Sache durch das unerwartete Eintreffen des Herrn freilich ganz anders, sehr bedenklich für mich und uns — dazu noch der mir drohende Sturm zu Hause durch den dumm=galan= ten Eifer des Post=Assistenten. Mir brennt ordentlich der Kopf, und mein sonst so ruhiges, sicheres Wesen hat mich mit dem Schlage ganz verlassen. — So stimme ich denn für sofortige Lösung des Clubs, gehe nach Hause, lege Mama ein reuig Be= kenntniß ab, packe die nöthigsten Sachen für ein paar Wochen zusammen, verschwinde zu meiner alten ledigen Tante.

Brigitte.

Aber, Hermine, Du, thätigstes Mitglied des Clubs, darfst nicht abfallen. Schmach über Dich und uns, wenn Du feige die Flucht ergreifst, uns im Stiche läßt, nachdem Du uns allein in diese Verlegenheit gebracht und dieß nur, weil Einer von Tausend ein klein wenig Energie zeigt. — Sei kein Kind! Mit Deiner Mama mache ich die Briefgeschichte in Ord=

nung, darauf verlasse Dich. Du bleibst ruhig hier, brauchst auch keine Tante Lotte, um den Herrn abzutrumpfen, das bringen wir auch noch zu Stande.

Paula (einfallend).

Doch ihr vergeßt in eurem Eifer ja ganz den nachgesandten Brief, den die Hermine in ihrer Angst ruhig eingesteckt hat.

Anna.

Hurtig, Minchen, den Brief her; vielleicht ist das Bild des interessanten mittelalterlichen Herrn darin, der mir nach all' dem sehr gefällt. Geh, sieh' nach.

Hermine

(zieht den Brief mit Kurt's Porträt aus der Tasche, öffnet ihn, sieht dasselbe ruhig an und gibt es herum, den Brief für sich lesend. Die Karte in der Hand).

Ganz so habe ich mir ihn gedacht.

Anna.

Gib doch her, Du hast ihn lange genug angesehen. — (Nimmt die Photographie Herminen aus der Hand.) Aber d e r ist hübsch — nein, sieht d e r interessant, lieb und verliebt aus! Hört, ich sage euch, d e r ist gefährlich — dieser resolute Zug um den Mund! — (Gibt die Karte an Paula und diese an Brigitte. Dann leise mit Hermine sprechend.)

Paula.

Nur nicht bange, Hermine! Der soll nur kommen — den lachen wir tüchtig aus, und das kann keiner der Herrn ertragen. So schrecklich zäh wird er doch nicht sein. —

Anna (einfallend).

Denk' auch nicht, und ist er wirklich so krampfhaft in Dich verliebt, daß er Dich nicht mehr ausläßt, so nehme ich ihn,

(Pause) wenn der Club seine Zustimmung gibt, weil es sich denn doch nicht anders arrangiren läßt — (Pause) als S ch w a g e r gnädigst an, und wir gehen plenarisch zu Deiner Hochzeit. — Aber vor Allem, Minchen, mußt Du zu Mama.

Hermine.

Ja, Anna, Du hast ganz recht, ich muß nach Hause. (Zu Brigitten) Brigitte, wir müssen fort. Zuerst muß ich mir daheim Ruhe schaffen, bin ich dort vor einem Gewitter sicher, dann findet sich wohl auch ein Ausweg für den zudring= lichen Herrn Kurt. — Du, Anna, bleibst natürlich mit Paula hier, bis wir wiederkommen und diese sehr bringliche Sitzung zu Ende führen.

Brigitte
(im Präsidenten=Ton).

So sei's — wir gehen — ihr bleibt ruhig hier sitzen. (Indem Hermine nach Hut und Tuch sucht, ruft Brigitte:) Lenchen, bring' mir Hut und Handschuhe!
(Lene erscheint mit den Sachen unter der Hausthüre, Brigitte nimmt es ihr dort ab. Zu Paula und Anna:)
Berathet euch unterdessen, was wir thun können, um aus dieser dummen Kurt=Geschichte herauszukommen. Strengt euch an, daß ihr einen vernünftigen Vorschlag machen könnt, bis wir zurück sind.

Anna.

Ja, ja, geht nur und macht eure Sachen zu Hause gut.
(Beide im Begriff abzugehen.)

Paula (nachrufend).

Um des Himmels willen! ihr habt ja die Clubschleifen noch an.
(Hermine und Brigitte erschrecken, schauen darnach und stecken sie ein.)
Das wäre nicht übel.

Anna

(gleichfalls nachrufend).

Du, Minchen, ich weiß bei der Mama natürlich gar nichts von der Briefgeschichte.

Hermine.

Natürlich, Kind, nur was Du im Kranz hier davon ge=hört. Adieu, ihr habt es gut, könnt hier ruhig sitzen bleiben.

(Beide ab.)

Sechster Auftritt.

Anna. Paula. Kurt.

(Kurt zeigt sich während dieser Scene dem Publikum hinter einer Coulisse auf der andern Seite des Tisches, und macht durch Zeichen begreiflich, daß er jen=seits vor den Lampen auftreten will.)

Paula.

Ich glaube, Deine Hermine nimmt die Geschichte bei ihrer Mama viel zu schwer. Eigentlich ist es doch nur ein unschuldi=ger Spaß, den wir uns machen.

Anna.

Du hast gut reden, wie i ch die Mama kenne, (altklug) so versteht sie solche Späße nicht; es wird schon Kämpfe zu Hause geben. — Mama glaubt auch nicht gleich Alles, und würde es Herminen nie verzeihen, daß sie mich, das Kind, wie sie mich trotz meines Alters — in eilf Monaten bin ich schon 18½ Jahre — nennt, bei unserem Club mitmachen ließ. Denn Mama würde unser Verfahren jedenfalls verdammen, höchst unweiblich finden, und doch ist unser Kranz so unschuldig — pikant, ja sogar bildend durch die Correspondenzen, und g a r nicht ge=fährlich, wenigstens war er es bis jetzt nicht!

Paula.

Deine Hermine hätte aber auch den schlechten Witz, ihre Karte dem Herrn Kurt zu senden, unterlassen können; ich weiß wirklich nicht, wie wir diesen Leichtsinn wieder gut machen können.

Kurt

kommt langsam bei den Lampen vor, nimmt höflich grüßend den Hut ab. Die beiden Mädchen schreien halblaut auf und bedecken mit der Hand schnell ihre Schleifen, ihn anstarrend).

Pardon, meine Damen, wenn ich Sie erschreckte, ich fand das Thor offen und Niemand im Garten, der mich zu meinem alten Freund Karl v. Dornheim, der doch hier wohnt, weisen könnte.

Anna
(lächelnd zu Paula, halblaut).

Um Gottes willen, Du, das ist der Herr Kurt, mein Schwager-Prätendent.

Kurt
(etwas verlegen zu Paula).

Habe ich vielleicht die Ehre, die Schwester meines Freundes vor mir zu sehen? Jedenfalls nehme ich mir die Freiheit, mich Ihnen vorzustellen — Kurt von Solmers — (verneigt sich).

(Die Mädchen verneigen sich gleichfalls lächelnd; Anna räumt die Bücher und Mappen zusammen und versteckt eine Photographie.)

Paula (sich fassend).

Sehr angenehm, Herr v. Solmers. Ich bin aber nicht die Schwester des Herrn v. Dornheim, sondern wir sind nur Freundinnen von ihr.

Kurt (zu Anna).

So — und Sie auch, mein Fräulein?

Anna.

Zu bienen, ja. (Kichernb.) Doch finden Sie Ihren Freund (Kurt von dem Tische etwas wegbrängend und mit Kopfbewegung nach dem Hause zeigend) dort im Hause, Siesta haltend, (naiv bringlich) wenn Sie so freundlich sein wollen, (Kurt schaut sie verliebt an) sich gefälligst dahin zu bemühen.

(Pause.)

Bitte, Sie können gar nicht fehlen.

Kurt (gedehnt).

Danke; ich hätte ihn aber nicht gerne gestört, ihn viel lieber hier in Ihrer Nähe erwartet.

Anna
(etwas verlegen).

Das geht nicht gut an, denn wir haben hier unsern französischen Kranz, (Paula mit den Augen zu Hülfe winkend) wo wir ganz ungenirt sein müssen, denn wenn Jemand da ist, spricht Keine etwas.

Paula.

Ja, mein Herr, wir möchten dringend bitten.

Anna
(sich umsehend).

Ach, gottlob! da kommt ja Ihr Herr Freund!

Siebenter Auftritt.

Vorige. Karl.

Kurt (lächelnd.)

Halloh — Karl, hieher alter Freund! (Geht auf Karl zu, gegenseitige herzliche Begrüßung.)

Karl.

Du hier, Kurt? Was treibt denn Dich hieher? — Ehrlich — nicht Deine Freundschaft zu mir? — Pardon, meine Damen, (sich gegen die Mädchen verneigend) der Kranz ist ja nicht vollständig; wo ist denn Ihre Schwester, Fräulein Anna? (erstaunt) Und auch meine Schwester Brigitte fehlt.

Paula.

Sie werden Beide gleich wieder hier sein — bitte, meine Herren — (mit einer Handbewegung sie gewissermaßen verabschiedend).
(Karl und Kurt verneigen sich.)

Karl.

Bitte, sich nicht stören zu lassen. (Zu Kurt) Lieber Alter, nehmen wir hier Platz (auf eine Bank den Damen gegenüber zeigend). Ich hoffe, daß wir in dieser Entfernung nicht geniren.
(Die Herren nehmen Platz, die Mädchen schauen ängstlich nach ihnen hinüber.)

Anna (ängstlich).

Du, Paula, die bleiben wirklich hier. Besser, wir packen zusammen und räumen das Feld, denn der fatale Herr Kurt läßt den Blick nicht von mir!

Paula.

Sei kein Kind; was fällt Dir ein! Was sollte der von Dir wollen, der trägt ja das Bild Deiner Hermine im Herzen.
(Kurt und Karl unterhalten sich lebhaft leise mit einander.)

Anna (ängstlich).

Thut nichts, er fixirt mich doch immer; ich fühle es ja ganz deutlich. — Ach, wenn sie nur fort gingen! Und denk' nur, wenn die Hermine kommt und den Herrn Karl sieht!
(Spricht leise weiter.)

Kurt

(zu Karl in halblautem Gespräch weiter).

Die Sache war ganz einfach: an einem blasirten traurigen
Junggesellen-Abend setzte ich aus Jux — ein ernstgemeintes
Heirathsgesuch auf, das mir zum Anbeißen gut gelang — es
machte sich auch in „Ueber Land und Meer" abgedruckt höchst
elegant — hat auch gepackt, denn ich kam in Folge dessen alsbald in eine äußerst pikante Correspondenz.

(Pause — nach den Mädchen sehend.)

Du, Karl, können uns die Mädchen nicht hören? sie scheinen
ihre Mausöhrchen sehr zu spitzen. — Wie heißt denn die Kleine?
Die ist wirklich charmant.

Karl

(ihn unterbrechend).

Nur weiter, das Kind kann Dich doch nicht interessiren;
es ist meine Erzschwägerin Anna.

Kurt.

Wie so Er?

Karl.

Davon später ausführlich; es ist eine lange, traurige Geschichte, und wem sie just passirt — nur weiter in Deiner Affaire!

Kurt.

Nach dem zweiten Briefe verlangte ich gleich schneidig die
Photographie, die energisch verweigert, aber nach Erhalt der
meinigen mir versprochen wurde. Ich war mit meiner natürlich
nicht geizig, sandte sie umgehend, und erhielt auch alsbald einen
reizenden Mädchenkopf — photographisch. — Auf der Rückseite
der Karte war mit sichtbar ängstlicher Sorgfalt die Firma des
Photographen wegradirt, aber das gute Kind hat in der Aufregung übersehen, daß auch vorne im Karton der Künstler sich

unvertilgbar hat einprägen laſſen. So erfuhr ich denn, daß die
Karte hier fabrizirt wurde, ſetzte mich auf die Bahn, kam an,
ging zu dem Photo-Mann, der mir auch ohne Anſtand den
Namen meiner Zukünftigen nannte, den Stand der Eltern,
und nun komme ich zuerſt zu Dir, um bei meinem Schwie-
gerpapa durch Dich eingeführt zu werden.

Karl.

So, das iſt Alles? Nun, da kann Dir ja geholfen werden,
Alter, falls ich die Herrſchaften kenne. — Laß mich einmal
Deine Zukünftige ſehen, dann will ich Dir gleich ſagen, ob ich
Dir dienen kann.

(Kurt ſucht nach dem Bilde. Anna und Paula haben indeß langſam plaudernd
und kichernd zuſammengeräumt.)

Anna (zu Paula).

Du, Paula, die Herren bleiben ſcheint's doch hier, drum
beſſer, wenn wir Herminen entgegen gehen, daß ſie dem Herrn
Karl nicht in die Arme läuft.

(Schauen nach den Herren hin.)

Kurt
(findet die Karte und gibt ſie Karl, der ſie ſieht und aufſpringt).

Karl.

So ſind ſie Alle! Alle! — Komm' auf mein Zimmer mit,
ich werde Dir eine Geſchichte erzählen, die Dich Heirathstollen kalt
machen ſoll. (Energiſch) Komm'!

(Karl in Kurt hineinredend in's Haus ab, Kurt ſieht ſich mehrmals nach Anna
um.)

Achter Auftritt.

Paula. Anna. Gleich darauf Brigitte und Hermine. Später Lenchen.

Paula.

Was die nur haben, daß sie, ohne uns zu grüßen, so taktvoll verschwinden!

Anna.

Das kann uns gleichgültig sein. — Gottlob, daß sie fort sind, gestört haben sie uns genug, denn ich konnte vor Angst und Herzklopfen, so lange der gefährliche Herr Kurt da war, auf keinen Einfall kommen, wie wir ihn los werden können.

Paula.

Ich auch nicht. Doch kann uns jetzt vielleicht Brigitte durch ihren Bruder aus der Noth helfen, mit dem er ja sehr intim zu sein scheint.

(Hermine und Brigitte kommen rasch aus dem Seitengang, legen Hut und Tuch ab und gehen zum Tisch.)

Hermine.

Gottlob! die Mama wäre beruhigt! Seid ihr inzwischen auf eine vernünftige Idee verfallen, wie uns zu helfen ist?

Paula und Anna.

Nein — im Gegentheil, die Sachlage hat sich noch wesent=
lich verschlimmert.

Brigitte.

Wie so? — Besser, wir nehmen unsere Sitzung wieder auf, sonst kommt doch nichts Gescheidtes heraus.

(Brigitte schlägt die Glocke an, hierauf sieht man Karl und Kurt am offenen Fenster die Mädchen beobachten, lachen und sich Zeichen machen. Die Mädchen setzen sich, Brigitte und Hermine stecken ihre Schleifen wieder an.)

Brigitte
(parlamentarisch).

Nach Reglement zuerst den gekürzten Clubspruch!

(Die Mädchen stehen auf.)

Rache! Rache! Rache! all' den Männern, die da frevent=
lich spielen mit liebenden Herzen, die da suchen zu knüpfen die
heiligsten Bande durch prosaische Vermittelung — den Jungge=
sellen, denen das Glück gestattet, zu nähren die häusliche Flamme
und die, sich egoistisch übernehmend, hinschleppen ihr traurig
Alleinsein! — Rache! Rache! Rache! — (Kleine Pause.)

Nun, Paula, berichte, inwiefern hat sich der Fall mit Kurt
noch mehr verwickelt?

Paula.

Dadurch, daß der Herr, als ihr kaum fort waret, ganz
unerwartet sich uns selbst als Kurt v. Solmers vorstellte, nach
Deinem Bruder, seinem Freund, frug, mit dem er vor wenig
Augenblicken erst in's Haus ging. Jetzt sitzen wir fest, wenn
uns Dein Bruder nicht hilft. —

(Hermine starrt vor sich hin, Anna sitzt nachdenklich da. Alle sehr ernst.)

Brigitte.

Auf d e n können wir gar nicht rechnen, denn einmal thut
er m i r, nachdem ich ihm heute bei Tisch seine Schlechtigkeit vor=
gehalten, keinen Gefallen, und dann ist die Hermine, die er,
glaube ich, doch noch sehr gerne hat, in die Sache selbst ver=
wickelt.

Hermine.

Um Gottes willen! wenn er Deinem Bruder mein Bild
zeigt! Die Schande überleb' ich nicht. Karl müßte mich ver=
achten, und das ertrag' ich nicht.

Anna
(ernst und nachdenklich).

Hermine, Dir muß um jeden Preis geholfen werden. Aber wie? — Wie wär's, wenn ich die ganze Geschichte auf mich nähme?

Hermine.

Bitte, liebe Anna, hilf nur mir; mag auch Alles ver= rathen werden.

Anna.

Nein, nichts soll verrathen werden; uns Allen ist geholfen, wenn mir mein Plan gelingt. — So kann es gehen: Du, Her= mine, schreibst gleich dem Herrn Kurt, daß ich mit ihm die Corresponden; geführt, und ich Dein Bild, d. h. das Bild meiner ziemlich älteren Schwester, eingeschickt hätte, weil ich fürchtete, durch meine kindische Visage mich zu verrathen, daß aber meine Schwester seit längerer Zeit eine tiefe Liebe zu seinem Freunde Karl v. Dornheim im Herzen trage.

Hermine.

Nein, das schreibe ich nicht.

Paula.

Doch, doch; das ist ja pure Wahrheit, die er seinem Freund Karl wohl sagen darf und wodurch Du auch gar nicht blamirt wirst, denn er glaubt ja, daß nicht Du, sondern Deine Anna es geschrieben.

Brigitte.

Ja, die Anna hat ganz Recht, das allein kann uns schnell helfen. Schreib' Du nur munter, Hermine.
(Hermine macht sich zögernd an's Schreiben.)

Anna

(halb bittirend).

Tiefe Liebe im Herzen trage, seine Gefühle somit nicht theilen noch erwiedern könne — den Schluß kannst Du machen wie Du willst — höflich, bitte, aber ja nicht zärtlich! — Ha! ha! der wird Augen machen; und ich bin ganz sicher, denn mich, die Kleine, — das Kind kann der ältliche Herr Baron doch nicht heirathen wollen. Alles wird gut und der Club ist gerettet durch sein jüngstes Mitglied. — Bist fertig, Minchen?

(Hermine gibt ihr den Brief, den Anna durchfliegt.)

So ist's recht; nur nicht viel Worte — kurz und klar, nichts zwischen den Zeilen. — Couvert her — hinein damit.

(Gibt das Schreiben Hermine zurück, die es adressirt.)
(Die beiden Herren verschwinden vom Fenster oder der Plattform.)

Paula.

Fertig! jetzt schickt die Aufklärungs=Epistel nur gleich hinauf, daß es bei den Herren tage.

Anna.

Das wird gut sein, denn sind sie einmal fort, wer weiß, was sie dann thun. (Zu Brigitte.) Schicke den Brief nur gleich durch Lenchen hinauf und laß dem Herrn Baron sagen, daß wenn er das Fräulein noch sprechen wolle, er sie im Garten finden werde.

Hermine.

Was! Du willst noch mit ihm sprechen, Anna?

Brigitte.

Und warum nicht? Wir bleiben ruhig da bei unserem Kaffee, zu ihrer Unterstützung in der Nähe. Laßt nur Anna machen.

(Läutet stark.)

Lenchen
(kommt aus dem Hause).

Wünschen, gnädiges Fräulein?

Brigitte.

Ist mein Bruder und sein Freund noch oben?

Lenchen.

Ja. Ich glaube aber, daß die Herren im Begriff sind, auszugehen.

(Die Mädchen winken sich bedeutsam mit den Augen.)

Brigitte.

So, dann eile Dich, daß Du den Baron noch antriffst; gib ihm diesen Brief und sage ihm, daß wenn der Herr Baron noch mündliche Erörterung wünsche, er solche hier im Garten bei uns finden könne. — Geh — lauf' schnell; ich glaube, ich höre die Herren schon kommen.

(Lenchen geht schnell mit dem Briefe, pfiffig lächelnd ab.)

Hermine.

Kann ich nicht fort, Brigitte? ich kann Deinen Bruder jetzt nicht sehen. — Anna, wenn Papa und Mama wüßten, was hier vorgeht, und hören würden, wie Du Dich mit dem Baron auseinandersetzen wirst!

Anna.

Sei nur ruhig, Minchen! Mir ist zwar auch sehr sonderbar zu Muthe, aber Noth bricht Eisen, und so hart wird der Baron doch nicht sein.

Lenchen
(aus dem Hause kommend).

Gnädiges Fräulein, der Herr Baron werden gleich im Garten erscheinen, und Ihr Herr Bruder kommt scheint's auch mit herunter.

3

Brigitte.

Gut, Du kannst gehen. (Lenchen ab.)

(Aufgeregt, während die andern Mädchen verdutzt unter sich sprechen.)

Schnell die Zeichen weg und jede Spur vom Club! — Anna, Courage!

(Die Mädchen nehmen schnell die Zeichen ab und räumen haftig zusammen.)

Geh, setze Dich lieber dort in die Nähe des Hauses, daß er Dich gleich sieht.

Anna.

Nein! wenn ich euch Alle so nahe weiß, daß ihr mich hören könnt, habe ich gar keine Courage und bringe kein vernünftig Wort über die Lippen. Besser, ihr geht Alle und laßt mich hier am Tische allein. Da kann ich doch, wenn ich in Verlegenheit komme, Kaffee trinken oder etwas essen.

Hermine.

Ich hätte es doch nicht zugeben sollen, und besser selbst mit dem Baron unterhandelt, als Dich, Kind, so weit in die Geschichte zu verwickeln. Ich will dem Baron lieber Alles offen und ehrlich sagen.

Paula.

Und ihn heirathen, wenn es nicht anders geht.

Anna.

Nein, nein — jetzt ist es zu spät, laßt mich nur machen — (sieht gegen das Haus). Schnell fort, da kommt der Herr v. Kurt. Verschwindet geräuschlos.

(Bewegung mit der Hand.)

(Hermine küßt Anna, die Mädchen gehen leise, sich stets umschauend, langsam links an den Lampen in die Coulissen.)

Neunter Auftritt.

Anna. Karl und Kurt.

(Karl und Kurt kommen aus dem Hause, Kurt mit Hut und Stock, leise plaudernd.
Anna setzt sich ruhig an den Tisch und schenkt sich ein.)

Kurt.

Geh, laß mich allein. Du kannst später nachsehen, aber
hübsch zart, daß Du mir meine Taube nicht verjagst; sie blieb
scheint es allein im Bauer zurück.

Karl.

Wie Du willst. Viel Glück, kecker alter Junge! Schreckt
Dich denn der Sprung von 17 zu Deinen stark über 30 nicht?

Kurt (abwinkend).

Geh, schlechter, mißgünstiger Freund!

Karl.

Wie Du willst. Mir kann es recht sein, hab' mal meine
Freud' daran. (lacht und geht langsam bis an das Haus zurück, unter der
Thüre Kurt nachrufend.) Du, Max, schieß' nicht, ich bin die Taube!

Kurt
(macht abwehrende Bewegung gegen Karl und geht freundlich auf Anna zu).

Mein Fräulein!

(Anna steht verschüchtert auf und knirt.)

Ich habe die Ehre, Ihnen bereits bekannt zu sein; habe
mich aber vor Allem bei Ihnen zu bedanken, daß Sie so freund=
lich waren, sich einen solchen Scherz mit mir zu erlauben.

Anna
(ziemlich sicher, ihn mit Handbewegung zum Sitzen einladend).

Herr Baron, eigentlich wäre es an mir, Sie um Entschul=
bigung zu bitten, und doch wieder nicht, denn Sie allein sind

Schuld, daß ich mich im kindischen Uebermuth zu der albernen Correspondenz-Geschichte hinreißen ließ.

Kurt.

Wie so bin ich Schuld?

Anna.

Einfach darum, weil mich Ihr halb pikantes, halb gemüthliches Heirathsgesuch so sehr reizte, daß ich das Bild des Verfassers sehen wollte, und mir eine ganz unschuldige Correspondenz mit einem solchen Herrn äußerst amüsant, ja bildend dachte. Wir armen Mädchen haben neben Hauswesen, Klavierspiel und ökonomisch einzurichtendem Putz so viele lange Stunden am Tag — von schlaflosen Nächten gar nicht zu reden — daß uns ein Bischen Sehnsucht nach Außergewöhnlichem und Romantischem nicht verübelt werden sollte.

Kurt.

Also hat Sie mein Heirathsgesuch doch so interessirt, daß Sie das Verlangen hatten, wenigstens in geistigen Rapport mit mir zu treten?

(Pause.)

Anna (verschämt).

Muß ich zur Strafe auf diese gefährliche Frage wirklich und ehrlich antworten?

Kurt.

Ja, offen und ehrlich, selbst wenn ich daran die Bedingung der Verzeihung und des Verzichts knüpfen müßte.

Anna (freudig).

Ein Mann — ein Wort!

(Reicht ihm die Hand, die er küßt.)

Kurt.

Mein Wort zum Pfande.

Anna

(verlegen die Hand zurückziehend, ihn fest anschauend).

Sie verzichten und reisen. (Erleichtert) Gottlob, um den Preis sei die Wahrheit gerne gesagt. — Ja, Herr Baron, Ihr Gesuch in „Ueber Land und Meer" gefiel mir allerdings sehr, Ihre Briefe aber noch besser, so daß ich beschloß, mir auch Ihr Bild zu verschaffen coute qui coute, denn sonst hätte ich Ihrem Verlangen, zuerst das meine zu senden, sicher nicht entsprochen (nachdenkend und langsam sprechend). Dann kam Ihr Brief mit der furchtbaren Nachricht, daß Sie selbst kommen, das so theuer er=kaufte Bild aber war scheint's vergessen.

Kurt
(sie verliebt anblickend).

Es kam ja nach —

Anna.

Ja, allerdings noch am selben Tage, aber leider das Ori=ginal auch gleich hintendrein.

Kurt.

Leider? (stark betonend.) Das war nicht freundlich.

Anna (einfallend).

Von Ihnen! Allerdings war es nicht freundlich, gleich so in's Haus zu fallen. — In der Entfernung, mit recht vielen Post=marken auf dem Couvert, wenn sie auch auf das kleine Monat=geld hart drücken, muß eine heirathliche Correspondenz ungemein angenehm sein, — aber so in der Nähe hat es doch etwas Aengstliches, Unheimliches für ein Mädchen.

Kurt.

Man kann allerdings leichter abschreiben, als absagen. —

Anna.

Ja, das dachte ich eben auch; deßhalb war ich so frei, Ihnen zu schreiben.

Kurt.

Also geben Sie mir einen Korb, Fräulein Anna?

Anna
(verschämt lächelnd).

Aber, Herr Baron, von mir ist ja g a r n i ch t die Rede. Ueberhaupt sind wir ja schon ganz mit einander im Reinen, ich habe Ihr Wort: Sie entsagen und reisen.

Kurt.

Ja, ich entsage Ihrer Schwester Hermine, die, wie Sie schreiben, meinen Freund Karl leidenschaftlich liebt, dem ich diese treue Seele natürlich von Herzen gönne und nicht abspenstig machen will.

Anna (einfallend).

Ach, das ist lieb von Ihnen! Es wäre Ihnen aber auch nicht gelungen, denn was ich Herminen über diese unglück= selige Liebe schon gepredigt und mit ihr deßhalb durchgemacht und gelitten habe, das glaubt mir kein Mensch. Ihr Freund verdient gar nicht, so geliebt zu werden.

Karl
(hat sich während dieses Gesprächs hinter die Laube geschlichen und die Beiden belauscht).

Kurt.

Doch, denn Karl ist ein grundguter Mensch und liebt Ihre Hermine schon seit Jahren herzlich und aufrichtig, wie ich ganz genau weiß, ist aber, liebe Anna, wie Alle, die viel Glück beim schönen Geschlecht haben, sehr Zweifler an Liebe und Treue.

Karl

(hervortretene, Anna fährt erschreckt empor und schreit auf).

Ja, Kurt, da hast Du eine große Wahrheit gelassen aus=gesprochen. — Pardon, Schwägerin Anna, wenn ich Sie er=schreckt, aber ich konnte mich nicht länger auf meinem Lauscher=posten halten.

Zehnter Auftritt.

Vorige. Hermine.

Hermine

(eilt ängstlich aus der Couliſſe links herbei).

Um Gottes willen! Anna, was gibt es?

(Karl erblickend will ſie fort.)

Karl.

Bitte, Hermine, bleiben Sie, (ſie an der Hand faſſend) ich habe meine liebe Schwägerin Anna, die mir unbewußter Weiſe den Liebesſtaar geſtochen, ſo erſchreckt. Kommen Sie ruhig mit mir und verdammen Sie mich, wenn Sie können, nachdem Sie mich und meine Vertheidigung gehört.

(Geht mit Hermine in den Hintergrund, wo ſie ſich auf eine Bank am Hauſe ſetzen. Anna blickt ihnen zärtlich nach.)

Kurt

(halb für ſich).

Dieſes Intermezzo hat mich ganz aus dem Concept gebracht.

Anna (verlegen).

So glauben Sie alſo, Herr Baron, daß Ihr Freund Her=mine wirklich liebt?

Kurt.

So gewiß als ich Sie liebe, Anna.

Anna (verschämt).

Dann liebt er sie nicht; denn wie und woher sollten und könnten Sie mich lieben? (heiterer) Ich bin ja noch ein Kind; würden Sie nur sehen, wie unangenehm jung Papa und Mama mich noch behandeln! Von mir kann also gar nicht die Rede sein, und ich habe Ihr Wort, daß Sie verzichten und reisen. (naiv) Nicht so?

Kurt.

Wie gesagt, ich verzichte auf Hermine — und mache mit Ihnen die Hochzeitsreise. So war es gemeint, liebes Kind, und nicht anders.

Anna (beleidigt).

Herr Baron, so sehr bin ich denn doch nicht mehr Kind, daß man sich mit mir solche schlechte Späße erlauben darf, die mich beleidigen müssen. — Doch jetzt sind wir ganz quitt; ich habe mir mit Ihnen einen Scherz erlaubt, den ich nicht bereue, da er möglicher Weise das Glück meiner Schwester begründet und mir auch das Vergnügen verschaffte, (lächelnd) einen ältlichen jungen Herrn persönlich kennen zu lernen, Sie dagegen haben mich, das Kind, durch Ihren spaßhaften Antrag beleidigt, folglich sind wir ganz quitt. (Will aufstehen.)

Kurt.

Aber um's Himmels willen! süße Anna, ein so gescheidtes Mädchen wie Sie, kann mich nicht mißverstehen, muß in Blick und Ton merken, wie sehr Ernst mir meine Werbung ist. Wollen Sie mich nicht verstehen?

Anna

(verlegen vor sich hinsehend und mit einem Kaffeelöffel spielend).

Kurt
(fährt bringend fort).

Was ich bin und habe, wissen Sie genau aus unserer Correspondenz, die mir wenigstens das Unangenehme erspart, Ihnen, liebe Anna, in dem Augenblick mit Prosa kommen zu müssen. Ich kann Ihnen nur mein Ehrenwort geben, daß, was ich von und über mich geschrieben, buchstäblich wahr ist, und Sie wissen ganz gut auch, was Sie können und wollen (ihre Hand ergreifend und sie küssend). Bitte, sehen Sie mich an und geben Sie mir eine ehrliche Antwort.

Anna
(sieht ihn freundlich aber ernst an).

Ich weiß wirklich nicht, was antworten. Ich kann nicht, wenn ich auch wollte, und selbst wenn meine Eltern zustimmen würden.

Kurt.

Warum denn nicht, meine Liebe?

Anna.

Weil ich durch mein Wort gebunden bin.

Kurt.

Also doch schon in der Jugend!

Anna
(lebhaft einfallend).

Nein, nicht so wie Sie meinen, ganz anders; und das ist ein Geheimniß, das ich nicht verrathen darf.

Kurt
(sie verliebt ansehend).

Und nur deßhalb bekomme ich einen Korb? — So wollen Sie also nie heirathen?

Anna.

Ich? — Ich bleibe, so lange es Gott gefällt, Fräulein Anna, also ledig; werde mich aber wohl hüten, mich je wieder in eine derartige Correspondenz einzulassen.

Kurt (einfallend).

Um was ich auch sehr bitten möchte; meiner Frau, liebe Anna, könnte ich einen solchen Briefwechsel nicht so leicht nach= sehen.

Anna (ernst).

Aber Herr Baron, wenn Sie solche Reden führen, muß ich gehen, denn ich habe Ihnen schon gesagt, daß ich, selbst wenn Sie ernstlich daran denken sollten, mich zu — nein, ich mag es gar nicht aussprechen — ich doch Nein sagen müßte, denn ein Schwur ist heilig, (ihn ernst anblickend) Ihnen doch wohl auch, Herr Baron?

Kurt
(halblaut wie für sich).

Sie ist allerliebst. (Laut) Natürlich. Und wie heilig mir ein Schwur ist, das hoffe ich Ihnen in der Ehe glänzend be= weisen zu können. — Also ein heiliges Versprechen bindet Sie? Liebe Anna, sonst hält Sie nichts ab, die Meine zu werden? auch nicht der Unterschied im Alter? — Schwuren Sie denn irgend einem andern Glücklichen Liebe und Treue?

Anna (lächelnd).

Gott bewahre! Wie sollte ich in meinen Jahren dazu kommen!

Kurt (einfallend.)

Sprechen wir lieber nicht von Alter und Jahren, denn Sie sind gerade in der gefährlichsten Schwurperiode. — Eben deß= halb sollen Sie auch schwören, aber mir, nur mir, süßes Herz, mir! — Denn ich löse Ihr früheres bindendes Versprechen und Sie schwören mir dann auf's Neue am Altar, vor Gott und einigen auserlesenen christlichen Zeugen.

(Anna blickt verschämt vor sich nieder und Kurt spricht leise zu ihr weiter.)

Eilfter Auftritt.

Vorige. Brigitte und Paula.

(Brigitte und Paula kommen Arm in Arm aus der Couliffe in der Mitte der Bühne, lebhaft plaudernd.)

Brigitte
(etwas aufgeregt).

Wir müffen doch nach der Kleinen schauen. Es ist nach dem Schrei so still hier geworden, und die Hermine kam auch nicht mehr zurück; gib Acht, da ist mein sauberer Herr Bruder mit im Spiel, und die vergeffen bei den Herren uns und den Club.

(Schauen sich um und gehen langsam gegen Anna und Kurt.)

Paula.

Na, das wäre schön! — Der Hermine traue ich es zwar zu mit Deinem Bruder, aber die kleine Anna, der bin ich sicher, die schüttelt den zähesten Baron ab.

(Sieht Anna mit Kurt und zeigt sie Brigitten.)

Brigitte (einfallend).

Scheint aber doch, daß es ihr schwer wird, denn sie sprechen noch recht lebhaft mit einander,

Anna

(fieht Brigitte und Paula, fpringt auf fie zu und küßt fehr erregt Paula. Kurt
bleibt fißen und fieht ihr verliebt nach. Brigitte geht, nach Hermine und Karl
fich umfchauend, gegen das Haus).

Du, Paula, was ift da zu machen? Der Herr Kurt ift in
der That in mich verliebt und will mich durchaus heirathen.
— Das wird eine fchöne Gefchichte werden, bis das Alles klar
und glatt wird. — Er will nämlich Hermine feinem Freunde
Karl nicht abwendig machen, wenn ich ihn annehme. (Paula lächelt,
Anna ernft.) Du, Paula, lächle nicht, es ift dem Herrn Kurt fehr
Ernft, und das Schlimmfte an der ganzen Gefchichte ift, daß ich
gar nicht weiß, wie ich noch loskommen kann, denn lieber heirathe
ich ihn gleich, als daß man zu Haufe je erfährt, was hier im Club
gefpielt hat. Und wird der Baron in feinen aufrichtigen, heißen
Gefühlen für mich von mir verleßt, dann kennt er ficher keine
Rückficht mehr. (altklug) Das find die Folgen von fo ftrenger
Erziehung wie bei uns zu Haufe.
(Brigitte ift indeffen zu Hermine und Karl gegangen; und kommen zufammen
gegen die Lampen, wo fich die Damen links und Kurt und Karl rechts gruppiren.)

Paula
(aufgeregt, neugierig).

Nun, wie fteht es jeßt eigentlich? Kann man von euch
(zu Hermine und Anna gewendet) endlich etwas Vernünftiges erfah=
ren? — Die Kleine hat mir zwar fchon eine Confidence gemacht,
nach der fie nicht übel Luft zu haben fcheint, in den fauren
Eheftands=Apfel zu beißen, den ihr der Herr Baron ernftlich
präfentirt haben foll.

Hermine (zu Anna).

Was? ift das Ernft, Anna? — Kind, denke nur, was
Papa dazu fagen würde, wenn wir gleich Beide fort wollten;
ich habe mich (zu Brigitte) mit Deinem Karl auseinandergefeßt,
wir haben uns ehrlich gegenfeitig ausgefprochen, er liebt mich

wirklich, ich ihn auch), wie ihr Alle wißt, und so will er dann gleich zu Mama gehen und um meine Hand bitten. — Ich kann daher nur wiederholt um meine Entlassung aus dem Club bitten, der überdieß meinem Karl und seinem Freund kein Ge= heimniß mehr ist, denn er gestand mir ehrlich, daß sie unsere heutige Sitzung belauscht haben.

Brigitte
(für sich, aber halblaut).

Um Gottes willen! — Das ist ja gar nicht möglich! — Da ist Verrath mit im Spiele! — Gewiß die Hermine —

Karl
(sich nähernd und einfallend).

Nein, meine Damen, Hermine ist ganz unschuldig und hat gar nichts verrathen; wir waren selbst so frei, die hier anwesen= den Mitglieder des Rache=Clubs vom Plateau (oder Fenster) aus zu beobachten und tagen zu sehen. Der verkürzte fürchterliche Clubspruch drang vierstimmig, Alles und Alle verrathend, ganz deutlich zu uns herauf, denn die kleine zärtliche Gottheit in der Laube, die bis heute allein Zeuge war, und gegen die Sie sich so schwer versündigt, konnte ja nichts ausplaudern.

(Die Damen stehen verdutzt und erstaunt beisammen.)

Doch beruhigen Sie sich, verehrte Mitglieder des greulichen Rache=Clubs, ich bin heute zu glücklich durch die Liebe meiner Hermine geworden, um mit Ihnen und Ihrem Programm lange zu rechten oder für unser beleidigt Geschlecht gegen Sie auf= stehen zu wollen. Ich bin im Gegentheil so weich gestimmt, daß ich Ihren Club sehr amüsant und zeitgemäß, wenn schon ziemlich emanzipirt finde. Hören Sie daher unseren Vergleichs= vorschlag:

Freund Kurt und ich geloben hier feierlich, von dem Rache= Club nichts zu wissen, nichts gesehen noch gehört zu haben, so pikant es auch für uns wäre, den bösen Zungen unserer Residenz Mittheilung von diesem ganz absonderlichen Bunde zu machen, wenn nämlich der Club seine uns liebsten Mitglieder sofort aus dem Verband entläßt und nach schleuniger Abwickelung der wohl nur wenigen schwebenden Fälle sich auflösend verschwindet, uns arme Männer aber, Jeden auf seine Art, sein ehelich Glück suchen läßt, ganz unbekümmert darum, ob er deßhalb gewöhn= liche oder nicht mehr ungewöhnliche Wege wandelt.

Wollten aber gegenwärtige Vereins=Mitglieder diesen unse= ren Vorschlag n i ch t annehmen, dann freilich — dann —

Brigitte (einfallend).

Und was dann?

Karl.

Dann wären wir delikat genug, zwar h i e r zu schweigen, müßten aber ernstlich darauf bedacht sein, den unser Geschlecht sehr schädigenden Club sonstwie unschädlich zu machen.

Brigitte
(pikirt einfallend).

Bitte, meine Herren, sich dieserhalb den Kopf nicht an= strengen zu wollen. Da nach unseren Statuten der Club bei Entdeckung, sowie beim Austritt zweier Mitglieder wegen Heirath sich auflösen muß, und die noch schwebenden Geschäfte von dem zurückbleibenden Theil möglichst schnell zum Abschluß zu bringen sind, so acceptire ich in Anbetracht der Dringlichkeit der Um= stände als Präsidentin im Namen des Clubs den Vorschlag meines Bruders, worauf sofort die nöthigen Schritte von Paula und mir gethan werden sollen. (Die Mädchen zu sich winkend, ärgerlich.) Morgen ist die l e tz te, die Auflösungs=Sitzung; ich gebe euch frei und überlasse euch eurem selbstgewählten Unglück! — Aergern kann ich mich eigentlich nur über mich — euch heirathsdurstige

Kinder als Clubmitglieder gewählt zu haben. Adieu! — (Geht ungestüm in's Haus ab.)

Karl.

Abgemacht! jetzt können wir, lieber Kurt, der Madame Falkner unseren Besuch und ich meinen Antrag machen, Dich warm empfehlend vorstellen, und wenn meine Schwägerin Anna durch Deinen reifen Umgang in jeder Woche um ein Jahr älter wird, was bei ihren hübschen Anlagen nicht unmöglich sein dürfte, dann kannst Du es mir in vierzehn Tagen schon nach= machen.

(Anna, die verschämt lächelnd Kurt zuwinkt, geht auf Paula zu, Kurt droht Karl mit dem Finger und spricht mit Herminen. Anna geht mit Paula vor die Lampen.)

Anna (zärtlich).

Liebe Paula, sei Du nur ganz ruhig und überzeugt, daß wenn unser Club sich unter diesen Umständen auch auflöst, wir doch fest zu Dir halten und nicht eher ruhen werden, bis wir Dich an den b e s t e n der Freunde unserer Zukünftigen g a n z glücklich verheirathet haben. Denn h ü b s ch, aber s ch w a ch, wie wir selbst, war, ist und bleibt doch immer

M ä d ch e n = R a ch e.

(Der Vorhang fällt.)